Barbara Schinko

Wie ich diesen Sommer (FAST) im Regen stand

GULLIVER

Inhalt

1

Bist du hier, um das Klima zu retten?

Am Montagmorgen betrete ich das Gebäude in der großen Stadt. Gleich hinter dem Eingang ist ein Plakat mit einem Pfeil: „Anmeldung hier". Auf dem Plakat sind ein Baum und ein paar Blumen. Außerdem ein Hase, ein Flugzeug und ein Fabrikschlot, aus dem es raucht. Alles zusammen bedeutet wohl „Klimaspiel".

Ich folge dem Pfeil zur Empfangs-Theke. Dahinter lässt eine Frau einen Kugelschreiber klicken. „Dein Name?", fragt sie, ohne den Kopf zu heben.

Ich antworte: „Ju Lechner." Dabei bohre ich nervös meinen Zeigefinger in das Netzmuster der Strumpfhose. Meine Cousine Lucy hat sie mir geliehen. Sie hat mir auch mit dem Make-up und der Frisur geholfen. Als ich mich im Spiegel gesehen habe, blieb mir fast die Spucke weg.

Jetzt ist von der Begeisterung nichts mehr übrig. Ich komme mir vor wie ein Clown.

Aber so genau guckt mich die Frau gar nicht an. Sie greift nach einer Liste. „La-le-Lech“, murmelt sie. „Lechner, Juliane?“

„Ju“, sage ich. Und dann: „Ja. Ich heiße Ju.“ Weil „Ja, Ju“ einfach doof klingen würde.

„Dritter Stock, Raum 11“, leiert die Frau herunter. „Beginn ist um neun. Du kannst im Flur warten. Es gibt Bänke.“

Ich laufe in den dritten Stock. Auf einer Bank sitzen schon zwei Mädchen. Soll ich mich zu ihnen hocken? Würde Ju das tun?

„Ju“ war immer so eine gedankliche Spielerei von mir. Der Mensch, der ich gern wäre. Wenn ich mich trauen würde.

„Juli“ klingt dagegen ... ich weiß auch nicht. Spießig. Zu brav und angepasst. Nach jemandem, der dauernd um Entschuldigung bittet. Und Angst davor hat, anzuecken. Kann natürlich sein, dass nur ich das so empfinde. Weil es mein Name ist. Und ich eben eine Person bin, die dauernd um Entschuldigung bittet und nirgendwo anecken will.

Mein voller Name „Juliane“ ist noch schlimmer. Das klingt nach uralter Omi.

Hier in der Großstadt kennt mich keiner. Bis auf Lucy. Also habe ich heute beim Aufwachen beschlossen: Für die drei Wochen, die das Klimaspiel dauert, bin ich Ju.

Die Mädchen kichern. Über mich? Rasch laufe ich vorbei und hocke mich auf die andere Bank.

Ich gucke zu Boden. Und denke an gestern. Während des Klimaspiels wohne ich bei Lucy. Als ich angekommen bin, hat sie gerade telefoniert. Mit einem ihrer Freunde, von dem ich nur seinen komischen Namen weiß: Decker.

„Ich muss jetzt aufhören", hat sie zu ihm gesagt. „Juli kommt gleich." Die Decker-Person am Handy hat gefragt, wie ich bin. Und Lucy hat geantwortet: „Nett, aber ein bisschen langweilig."

Eine Stimme reißt mich aus den Gedanken: „Bist du hier, um das Klima zu retten?"

Ich hebe den Kopf. Und blinzle überrascht. Das Mädchen, das vor mir steht, ist in meinem Alter. Sie hat Haare so grün wie Erbsensuppe. Und Piercings. Jede Menge! In den Ohren. In der Lippe. In der Nase.

Jetzt lässt sie sich neben mir auf die Bank fallen und lächelt mich an. Zwischen zwei Schneidezähnen schimmert ein Metallring mit einem grünen Stein.

Endlich finde ich die Sprache wieder. „Äh ... ja", stammle ich.

„Ich auch. Ich heiße Rosina." Sie hat am Handgelenk ein Tattoo. Ein Seepferdchen. Alles hätte ich von ihr erwartet. Bloß keinen Namen, der noch braver und angepasster klingt als meiner.

Rosina fährt fort: „Ich kann hören, was du denkst. Und ich warne dich. Wenn du ‚süß wie eine Rumrosine' sagst, wirst du es bereuen." Sie lächelt aber dabei.

Plötzlich kommt mir mein neuer Name nicht mehr ganz so verrückt vor. „Ju", stelle ich mich vor. „Und nenn mich bloß nicht ‚Juliane' oder ‚Juli' oder ‚Julchen'! Sonst mache ich deine schlimmsten Albträume wahr."

Wir grinsen einander an. Ich spüre eine ungewohnte Wärme tief in mir drin. Fühlt es sich so an, eine richtig gute Freundin zu haben?

Immer mehr Leute fürs Klimaspiel kommen die Treppe herauf. Ein paar Jungs. Hauptsächlich Mädchen. Alle sehen viel normaler aus als wir.

In den Klamotten aus meinem Koffer wäre ich gar nicht aufgefallen. So aber muss ich mich ständig zwingen, nicht an Lucys super kurzen Jeans zu zupfen. Rosina wirkt total entspannt. Als wäre sie daran gewöhnt, dass alle sie anstarren.

Zwei blonde Mädchen halten auf uns zu. Die Kleinere trägt knielange Tennissocken zum Rock. Die Größere hat Dreadlocks. Rosina springt auf. Sie umarmen einander.

„Soph und Maro“, stellt mir Rosina die beiden vor. „Wir kennen uns von ein paar Demos.“ Sie weist mit dem Kinn in meine Richtung. „Mädels, das ist Ju.“

„Was machst du hier?“, fragt mich Maro, die Kleinere.

„Das Klima retten.“ Ich verbeiße mir gerade noch den Nachsatz: *Ihr etwa nicht?*

Soph, die Größere, schnaubt. „Ja, ja. Und in echt?“

Hilfesuchend sehe ich rüber zu Rosina.

Die rollt mit den Augen und erklärt mir: „Soph und Maro wollen bloß abfeiern.“

Soph legt einen Arm um Maro. „Na klar. Was denn sonst? Drei Wochen Großstadt und null Aufsicht! Ohne das Klimaspiel hätten unsere Eltern das nie erlaubt. Deine etwa?“

Ich schüttle den Kopf. Obwohl – ganz ehrlich? Hätte ich verkündet, ich möchte einfach so für drei Wochen zu Lucy ziehen, dann hätten Mam und Paps das wahrscheinlich okay gefunden. Sie kennen mich ja. Sie wissen, dass ich die langweiligste Person unserer Kleinstadt bin und nie was Aufregendes vorhabe.

Bloß: Wenn ich das jetzt sage, gucken mich bestimmt alle mitleidig an. Besonders Rosina.

Ich beuge mich verschwörerisch vor. „In Wahrheit bin ich wegen meinem Freund hier“, raune ich den anderen zu. „Der wohnt in der Stadt. Ich darf die ganze Zeit bei ihm übernachten. Meine Eltern wissen davon nichts. Sie glauben, ich schlafe in einem Hotel.“ Ernst gucke ich Soph, Maro und zuletzt Rosina an. „Verratet mich also bloß nicht.“

2

Erstunken und erlogen

Soph, Maro und Rosina starren mich an. Bevor eine etwas sagen kann, klatscht jemand in die Hände.

„Rein mit euch!", ruft ein junger Typ mit Haaren bis zum Po.

Ich springe sofort auf. Ich bin die Einzige. „Wollt ihr nicht reingehen?"

Rosina winkt lässig ab. „Mach dir keinen Stress."

Verlegen sinke ich auf die Bank. Ich bin eben daran gewöhnt, als Erste in jedes Klassenzimmer zu starten.

Diesmal gehöre ich zu den Letzten. Alle anderen sitzen schon, als wir kommen. Die einzigen freien Plätze sind vorne in der Mitte.

Der junge Typ – Elmar – erklärt uns das Spiel. Wir bekommen Rollen zugeteilt. Personen. Firmen. Länder. Einige wollen den Klimawandel stoppen.

Andere nicht. Das Ziel der drei Wochen ist ein gemeinsamer Handlungsplan.

Drei Jungs in der letzten Reihe werden gleich zu Demo-Veranstaltern ernannt. „Können wir nicht lieber …?“, fängt einer an.

Elmar grinst und macht weiter. Ich bin mir bald sicher, dass er den Leuten extra die Rollen zuteilt, die sie nicht wollen. Ich selbst hoffe auf Wissenschaftlerin oder sonst etwas Vernünftiges. Aber nein. Ich bleibe Schülerin und muss noch dazu den Klimawandel leugnen!

Jede von uns erhält einen Stapel Papier. Elmar sagt: „Das könnt ihr über Mittag lesen. Oder heute Abend im Bett.“

Hausaufgaben? Einige Jungs stöhnen. Elmar redet weiter: „Jetzt machen wir ein paar Bewegungsübungen. Wir treffen uns unten im Saal. Und vorher …“ Er guckt aufs Handy. „Fünf Minuten Pinkelpause.“

„Halleluja!“, ruft jemand. Schon drängeln alle zum Ausgang. Diesmal bin ich schlauer und bleibe sitzen.

Ich blättere in dem Papierstapel. Über Maro lehnt sich Soph zu mir rüber. „Lass das“, befiehlt sie. „Von zu viel Lesen wird man doof.“

Rosina kommt mir zu Hilfe: „Ju soll sich bei dem Spiel ja auch doof stellen.“

Ungeduldig wedelt Soph mit einer Hand. „Jetzt rück schon mit all den schmutzigen Details raus.“

Wovon redet sie? Ich traue mich nicht zu fragen. Außerdem müssen wir in fünf Minuten im Saal sein. „Wollt ihr nicht raus?“, wende ich mich an die anderen.

Maro lacht. „Schnucki hält uns sicher Plätze frei.“

„‚Schnucki'?“, wiederhole ich.

„Elmar natürlich. Findest du ihn nicht schnuckelig?“

Soph schubst sie. „Frag sie so was nicht! Ju hat einen festen Freund, schon vergessen?“

Mein Gesicht läuft heiß an. Ganz ehrlich hatte ich meine Lüge tatsächlich vergessen. Oder wenigstens verdrängt.

Soph lässt nicht locker. „Wie heißt er? Wo wohnt er? Was tut er den ganzen Tag?“

Schon auf ihre erste Frage weiß ich keine Antwort. In meinem Kopf herrscht gähnende Leere. Ein schwarzes Loch.

Plötzlich taucht etwas auf. Ein Name. Ich klammere mich daran. „Decker."

Soph zieht die Stirn kraus. „Decker-was?"

„Decker", wiederhole ich fester. „So heißt mein Freund. Er heißt Decker."

Sie lacht. „Ist das sein Vor- oder sein Nachname?"

Bevor ich etwas wirklich Blödes wie zum Beispiel „Das weiß ich nicht" antworten kann, wirft Maro ein: „Wie alt ist er?"

Ohne zu überlegen, antworte ich: „Neunzehn." Lucy ist neunzehn. Der echte Decker muss ungefähr gleich alt sein.

Soph pfeift durch die Zähne. „Dein Schwarm ist schon neunzehn?"

„Ihr fester Freund", verbessert Maro sie. „Nicht ihr Schwarm. Sie wohnen zusammen."

„Er hat eine eigene Wohnung", ergänzt Rosina. „Was hast du gedacht? Dass er die von seinem Taschengeld bezahlt?"

Natürlich will Soph sofort wissen: „Was arbeitet er?"

Mir fallen nur langweilige Jobs ein. Decker könnte in einem Supermarkt Regale einräumen. Er könnte Klempner sein wie Paps.

Dann erinnere ich mich: Gestern am Telefon hat sich Lucy mit Decker, seinem Bruder und ihren restlichen Freunden verabredet. Sie wollen heute Abend in einen Club. Zu einem Konzert.

Also behaupte ich: „Er spielt in einer Band."

Maro und Soph lehnen sich näher. Auf der anderen Seite tut Rosina das Gleiche. Noch nie hat irgendwen so sehr interessiert, was ich sage. Diese neue Macht fühlt sich berauschend an.

Lässig ergänze ich: „Seine Band ist gerade ziemlich angesagt. Heute Abend spielen sie im *Siebten Himmel*."

Ein Lächeln breitet sich auf Maros Gesicht aus. „Dann wissen wir ja, wo wir hingehen."

Mist! Hätte ich bloß den Mund gehalten!

Soph schüttelt den Kopf. „Von dem Laden habe ich gehört. Der ist ab achtzehn." Sie zieht an Maros Zopf. „Und du, meine Süße, siehst nicht einmal aus wie fünfzehn."

Maro reißt sich los. „Was ist mit Ju? Sieht die etwa aus wie achtzehn?"

Am schlauesten wäre zu behaupten, dass ich auch nicht in den Club darf. Aber wenn ich schlau wäre, hätte ich von Anfang an geschwiegen. Ich sage: „Decker schmuggelt mich natürlich rein.“

Die Augen von Maro und Soph leuchten auf. Wie Weihnachtsbäume.

Sofort begreife ich meinen Fehler. „Er kann euch nicht auch noch reinschmuggeln!“, betone ich. „Die vom Club würden ihn rauswerfen. Und uns.“

Maro schmollt.

Soph fängt erneut an: „Du hast uns noch nicht gesagt, ob ‚Decker‘ sein Vorname oder sein Nachname ist.“

Ich entscheide mich rasch. „Sein Nachname. Er hat seinen Vornamen nicht so gern.“

Soph bohrt nach: „Warum? Wie heißt er denn mit Vornamen?“

Wieder herrscht in meinem Kopf Leere. Zum Glück betritt da Elmar den Raum. Von allen Teilnehmern hocken nur noch wir vier darin. Er tippt auf seine Armbanduhr.

Soph greift nach ihrem Papierstapel und stopft ihn in ihren Umhängebeutel. Maro murmelt: „Bloß keinen Stress, Schnucki.“ Ich kichere los.

Es fühlt sich an, als hätte mir Elmars Auftauchen das Leben gerettet.

Der Rest des Tages vergeht rasend schnell. Beim Abschied ermahnt mich Soph: „Denk heute Abend daran: ein Pärchenfoto von euch als Beweis, oder es gilt nicht."

Mit bleischweren Füßen mache ich mich auf den Heimweg. Die Stadt ist aufregend: laut und bunt. Voller Menschen. Autos hupen. Jungs sausen auf E-Rollern vorbei. Es duftet nach Kebab und Pommes.

Meine Gedanken kreisen um mein riesengroßes Problem. Woher soll ich ein Pärchenfoto kriegen?

Meinen Freund Decker gibt es nicht.
Und ich kann ja wohl schlecht zu Lucy gehen und sagen: „Du, mir ist heute was Blödes passiert. Würdest du bitte deinen Bekannten Decker fragen, ob er mich für ein Foto küsst?"

Was dann?

Ich könnte Rosina und den anderen einfach die Wahrheit sagen. Dass ich gelogen habe. Dass ich noch ungeküsst bin.

Und dass mich ein heißer Musiker ebenso langweilig fände, wie es der Rest der Welt tut. Sogar der echte Decker hält mich für langweilig. Und der kennt mich nicht mal!

Bedrückt schließe ich die Wohnungstür auf. Lucy liegt auf dem Sofa und hält sich einen feuchten Waschlappen an die Stirn. Sie schenkt mir ein schwaches Lächeln. „Ich habe Kopfweh."

„Soll ich dir einen Tee machen?"

„Nein, danke." Ihr Handy klingelt. Sie angelt danach und hebt ab. „Decks?", stöhnt sie. „Was ist los? Du hast wirklich das schlechteste Timing der Welt."

Ich lausche gespannt.

Lucy sagt: „Mein Kopf fühlt sich an, als würde eine Elefantenherde durch ihn trampeln. Nein, ich komme heute nicht mit in den *Siebten Himmel*."

Meine Hoffnung verfliegt. Ich hatte fix damit gerechnet, dass Lucy dort sein würde. Vielleicht hätte sie für mich ein Pärchenfoto gemacht. Mit dem echten Decker oder sonst einem ihrer Freunde. Sie und ich sehen einander ähnlich. Wir haben die gleichen schwarzen Locken und die gleichen dunklen Augen.

Ein Geistesblitz zuckt durch meinen Kopf. So grell, dass es weh tut.

Ich sehe fast so aus wie Lucy. Und Lucy wird heute Abend nicht im *Siebten Himmel* sein.

Lucy ist neunzehn. Der Einlass in den Club ist ab achtzehn.

Ich kann alle meine Probleme auf einen Schlag lösen. Wenn ich mich traue.

3

Im *Siebten* Himmel

In einen angesagten Club zu gehen ist beinahe das Schrägste, was ich je getan habe. Das wirklich Schrägste? Ich habe Lucys Studentenausweis in meiner Tasche.

Der Club liegt nur zwei U-Bahn-Stationen von der Wohnung entfernt. Ich schleiche raus, als Lucy schläft. Sie würde bestimmt Fragen stellen, wenn sie mich so sähe. Mit ihrer Netzstrumpfhose, ihrem schwarzen Minikleid und ihren Ohrringen wirke ich total erwachsen.

Ein Türsteher hält mich trotzdem auf und guckt mich genau an. Ich habe die gleiche Frisur wie Lucy auf ihrem Ausweisfoto. Ich spitze meine Lippen, wie es Lucy auf dem Foto tut.

Er lässt mich durch.

An der Kasse opfere ich mein Taschengeld für den Eintritt. Ich bekomme einen Stempel auf den linken Handrücken. Schwarz. Eine geflügelte Sieben.

Der Raum hinter der Kasse ist dunkel, stickig und laut. Dabei spielt die Band noch gar nicht. Ich quetsche mich zwischen den Leuten durch und verdrücke mich in eine ruhige Ecke.

Jemand ruft: „Lucy!“ Starke Arme packen mich von hinten und schwingen mich herum. Ich schreie und schlage nach den Händen des Unbekannten.

Sofort lässt er los. Er hat brünette Haare bis zum Kinn. Viel mehr kann ich im Halbdunkel nicht sehen.

„Lucy?“, fragt er. Ganz sanft. Als wäre ich eine ängstliche Katze auf einem Baum.

Ich denke: „Wenn er jetzt mit ‚Komm, Katzi-Katzi‘ anfängt, schreie ich noch mal.“ Ein nervöses Kichern steigt in meinem Hals hoch. Ich schlucke es herunter.

Der Typ sagt: „Tut mir leid. Ich dachte, du wärst jemand anderer. Du siehst einer guten Freundin von mir unheimlich ähnlich, weißt du?“

Ich nicke. Zwar habe ich keine Ahnung, wer er ist. Aber ich weiß, dass ich seiner Freundin Lucy unheimlich ähnlich sehe.

Er verschwindet im Gedränge. Und das Konzert fängt an. Die Leute rings um mich stürmen vorwärts. Zur Bühne. Ich werde mitgerissen.

Die Band hat vier Mitglieder. Nur der Gitarrist käme als mein Freund Decker in Frage. Der Sänger ist zu alt, die anderen beiden Mitglieder sind Mädchen. Ich ziehe das Handy aus der Tasche und knipse drauflos. Kein Pärchenfoto, aber wenigstens Decker auf der Bühne. Ob das für Soph genügt?

Eher nicht. Auf den Fotos sieht man bloß verschwommene Schatten. Ich muss viel näher ran!

Beim letzten Song stehe ich in der vordersten Reihe. Leider zappelt der Gitarrist beim Spielen wie verrückt hin und her. Enttäuscht lasse ich das Handy sinken. Wie soll ich so ein vernünftiges Foto machen?

Alle jubeln. Der Gitarrist verbeugt sich und grinst dabei in meine Richtung. Oder wahrscheinlich bilde ich mir das nur ein.

Nach dem Auftritt herrscht hinter mir Gedränge. Die meisten Besucher wollen raus: frische Luft schnappen. Ich drehe mich um. Da sehe ich Lucys Freund mit ein paar anderen Jungs. Einer von denen trägt eine Baseballkappe. Er sagt etwas und zeigt auf mich.

In heller Panik flüchte ich. Die einzige Richtung, wo niemand steht, ist am Bühnenrand entlang. Seitlich befindet sich eine Metalltür. Ohne zu überlegen, eile ich hindurch und ziehe sie hinter mir zu.

Mein Herz hämmert und beruhigt sich nur langsam. Ich bin in einem Lager oder Technikraum gelandet. Scheinwerfer liegen am Boden. Dahinter stapeln sich Stühle. Ein Klavier dient als Abstellplatz für Pappkartons und jede Menge Kabel.

Eine offene Tür am Ende des Raums führt in die Künstler-Garderobe. Dort sehe ich mehrere Gitarrenkoffer. Und einen Typen ohne Hemd, der sich nach mir umdreht. Es ist der Gitarrist mit den schwarzen Locken.

„Hallo." Er kommt auf mich zu. „Kann ich dir irgendwie helfen?"

Ich öffne den Mund. Aber ich bringe keinen Laut heraus.

Der Gitarrist hält inne. „Warte mal, ich kenne dich! Vorhin in der ersten Reihe. Du bist die mit dem Handy. Mein größter Fan."

Das ist die Gelegenheit, begreife ich. Und kratze all meinen Mut zusammen. „Würdest du ein Selfie mit mir machen?"

Der Gitarrist lacht. „Na klar."

Mein Blick fällt auf ein Poster an der Wand. Mit einer geflügelten Sieben. Wie auf dem Stempel. „Dort, bitte."

Er folgt mir zu dem Poster. Wir stehen steif nebeneinander. Bevor ich losknipsen kann, fragt er mich: „Wie heißt du?"

„Ju... Lucy!", verbessere ich mich hastig.

„Ju-Lucy", wiederholt er und lacht. „Hast du einen festen Freund, Ju-Lucy?"

Ich schüttle den Kopf. Gleich darauf wird mir klar, wo ich bin. In einem Raum, in dem keiner nach mir suchen würde. Mit einem älteren Typen, der glaubt, ich wäre sein größter Fan. Rasch entscheide ich mich um und nicke.

Der Gitarrist flüstert mir zu: „Dann hoffe ich, er ist nicht eifersüchtig." Er legt einen Arm um mich und zieht mich an seine nackte Brust. Zugleich nimmt er mir das Handy weg und drückt ein paar Mal ab: klick-klick-klick-klick.

Beim vierten Klick gelingt mir ein Lächeln. Beim fünften halte ich meine Hand mit dem Stempel in die Kamera.

Beim sechsten Klick schwingt eine Tür auf. Die restlichen Bandmitglieder kommen herein. Sie gucken uns an. Ich winde mich unter dem Arm des

Gitarristen hervor und entreiße ihm mein Handy. „Danke! Ich muss los."

Ich flüchte durch den Lagerraum, an der Bühne vorbei und nach draußen. Fast wäre ich gegen Lucys brünetten Freund geprallt. „Warte!", ruft mir sein Begleiter mit der Kappe nach. Da stürme ich schon in Richtung U-Bahn davon.

An der roten Ampel gegenüber der Station bleibe ich stehen. Ich greife zum Handy. Die Bilder aus der Garderobe sind alle grässlich. Mein Gesicht wirkt bleich und verstört. Der Gitarrist zeigt beim Grinsen die Zähne wie ein hungriger Hai. Als die anderen hereingekommen sind, muss er mit dem Handy gewackelt haben: Auf dem letzten Foto sieht man nur seinen nackten Oberkörper und einen Streifen Kinn. Und mich.

Die Ampel springt auf Grün um. Jemand hupt. Egal. Das letzte Bild könnte als Pärchenfoto durchgehen. Oder? Decker und ich im *Siebten Himmel.* Ich muss nur behaupten, der nackte Oberkörper wäre von ihm.

Ich stehe an der Straßenkreuzung und grinse wie eine Verrückte.

4

Falsch geDACHt

Am Morgen wache ich in Lucys Gästezimmer auf. Und glaube zunächst, ich hätte alles geträumt.

Aber auf meinem Handrücken sehe ich den verblassten Abdruck des Stempels. Ich angle nach dem Handy. Rasch lösche ich die ersten fünf Fotos aus der Garderobe. Fast hätte ich das sechste auch gelöscht. Was habe ich mir gestern nur gedacht? Ich kann dieses Horrorbild doch niemandem zeigen!

Beim Klimaspiel lässt uns Elmar in Gruppen diskutieren. Mein Beitrag besteht hauptsächlich aus „Äh …“. Rosina, Soph und Maro sind zwar nicht in meiner Gruppe. Aber sie gucken ständig zu mir rüber.

Am Morgen war ich extra spät dran. Damit wir keine Zeit hätten, miteinander zu reden. In der Pause will ich mich auf die Toilette verdrücken. Leider bin ich zu langsam.

Soph erwischt mich an der Tür. „Wie war es gestern Abend?“

„Okay“, murmle ich.

Sie kneift die Augen zusammen. Und zieht mich hinaus in den Flur. „Ihr wart doch in dem Club?“

Rosina ist uns gefolgt. Sie ergreift meine linke Hand, die mit dem Stempel. Und hält sie hoch.

Maro pfeift durch die Zähne. Sie und Soph studieren die geflügelte Sieben. Plötzlich hebt Soph den Kopf. „Und wo bleibt unser Beweisfoto?“

Ich überlege zu kneifen. Ob mich jemand aufhalten würde, wenn ich die Treppe hinunterstürme und den nächsten Bus zum Bahnhof nehme?

Der Gedanke ist verlockend, aber Quatsch. Seufzend rufe ich das letzte Foto von mir und dem Gitarristen auf.

Soph meldet sich als Erste zu Wort: „Und wo ist der Rest von ihm? Sein Gesicht zum Beispiel?“

„Na, hier.“ Ich deute auf den Streifen Kinn. Mein Finger zittert.

Maro entscheidet: „Dein Freund sieht heiß aus.“

Soph lacht ungläubig. „Woher willst du das bitte wissen? Womöglich hat er abstehende Ohren.“

Ich werfe ein: „Er hat keine abstehenden Ohren.“

Soph übertönt mich: „Womöglich hat er eine Nase so lang wie ein Elefantenrüssel! Und zehntausend Pickel."

„Er hat keine Pickel!"

Sie wendet sich mir zu. „Beweis es", verlangt sie mit funkelnden Augen. „Zeig uns ein Foto von seinem Gesicht. Oder ich nenne ihn ab sofort ‚Elefanti'."

Maro schlägt vor: „‚Pickel-Fanti'." Sie und Soph klatschen ab.

Ich fühle mich elend. Das Foto hätte alle meine Probleme lösen sollen. Wie kann ich beweisen, dass mein Freund Decker keine Pickel und keinen Elefantenrüssel hat? Wo es ihn doch gar nicht gibt.

Maro beugt sich über mein Handy. „Du guckst auf dem Bild total verstört drein." Mit einem Fingernagel tippt sie auf mein bleiches Gesicht. „Man könnte glauben, er hätte dich entführt."

Das reicht. „Er hat keinen Elefantenrüssel! Er hat keine Pickel! Und er hat mich nicht entführt!" Meine Stimme wird mit jedem Wort lauter. Am Schluss schreie ich fast.

Als ich fertig bin, herrscht Stille. Mir wird klar, dass die Pause zu Ende ist. Alle anderen hocken schon wieder auf ihren Plätzen.

Elmar schlendert auf uns zu. In der Tür bleibt er stehen. „Schön, dass du heute doch noch etwas zum Gespräch beiträgst, Ju.“ Er grinst mich an. Und wendet sich ab.

Beschämt starre ich auf meine Sandalen.

Aber dann spüre ich Rosinas Hand auf meinem Arm. Soph raunt Maro zu: „Dein Schnucki ist echt ätzend!“ Und Maro funkelt Elmars Rückenansicht bitterböse an. Sie halten zu mir.

Der Rest des Vormittags zieht vorbei. Wie Wolken am Himmel. Ich weiß nicht, worüber wir in der Gruppe reden. Meine Gedanken drehen sich im Kreis. Ich will nicht mehr lügen. Aber ich will auch nicht, dass mir Soph, Maro und vor allem Rosina die Freundschaft aufkündigen. Elmar hasst mich. Die restlichen Teilnehmer am Klimaspiel halten mich für eine Witzfigur. Ohne meine Freundinnen wäre ich vollkommen allein.

Keine Ahnung, warum mir das solche Angst einjagt. Zu Hause bin ich ja auch die meiste Zeit allein.

Bloß: Jetzt, wo ich Rosina, Soph und Maro kenne, fühlt sich der Gedanke ans Alleinsein schlimmer an als zuvor.

In der Mittagspause überfällt uns Rosina: „Wer kommt mit? Ich will vor dem Essen die Aussicht genießen."

Wir sind schon im obersten Stock unseres Gebäudes. Ich frage: „Was meinst du?"

Rosina erklärt: „Man kann über eine Verbindungsbrücke ins Nebenhaus."

„Und dort nach ganz oben", ergänzt Soph.

„Und dann raus", beendet Rosina die Erklärung. „Also?"

Soph und Maro tauschen Blicke. Maro erwidert rasch: „Geht ihr beide schon mal vor."

Rosina führt mich ins Nebenhaus. Dort zum Lift. Sie drückt auf den Knopf. Den für den sechsten Stock.

Oben ist eine Tür mit einem Code-Schloss. Rosina marschiert hin. Über der Tür sehe ich eine verdächtige Kugel aus dunklem Glas.

Ich laufe Rosina nach und ziehe sie am Ärmel zurück. „Pass auf! Eine Kamera."

Sie schüttelt meine Hand ab. „Entspann dich. Wer weiß, ob das Ding funktioniert."

„Und wenn es funktioniert?"

„Dann guckt sich die Videos doch auch keiner an." Schon stapft sie weiter.

Ich eile hinterher. „Woher willst du das wissen?"

Rosina betrachtet das Ziffernfeld für den Code. „Von einem aus meiner Gruppe", erklärt sie. „Seine Schwester war letztes Jahr hier." Sie tippt vier Ziffern ein. Piep-piep-piep-piep. Die Tür schwingt auf.

Zufrieden dreht sich Rosina zu mir um. „Die haben den Code seit einem Jahr nicht geändert! Siehst du? Kein Mensch interessiert sich dafür, ob wir da abhängen."

Hinter der Tür ist ein kleiner Balkon mit jeder Menge Aschenbechern. Eine Feuerleiter führt links aufs Dach. Quer über der untersten Sprosse hängt ein Schild: „Betreten verboten!"

Rosina setzt einen Stiefel auf die Sprosse mit dem Schild und fängt an zu klettern.

Mit einem flauen Gefühl im Magen folge ich ihr.

Mir wird fast übel, als ich den Kopf über die Dachkante hebe. Hier gibt es kein Geländer. Nur das flache Blechdach. Und in der Mitte ein eckiges Lüftungsrohr. Geduckt eile ich darauf zu.

Rosina grinst. „Genial, oder?“

„Genial“, bestätige ich tonlos. Mit weichen Knien taumle ich gegen das Rohr in meinem Rücken. Ich klammere mich daran fest.

Rosina kommt zu mir. Jeder ihrer Schritte hallt auf dem Blech. Sie bemerkt es, bleibt stehen und stampft ein paar Mal auf. Die Dach-Abdeckung unter meinen Füßen bebt. Nur mit Mühe unterdrücke ich einen Aufschrei.

„Muss das echt sein?“, fragt Rosina. Sie meint das Blech, begreife ich. Nicht meine Panik.

Mit großer Geste weist sie über die Dächer. „Guck mal. Alles begrünt. Nur wir halten unser Klimaspiel in so einer Blech- und Betonwüste ab.“ Sie überlegt laut weiter: „Ob sie wohl ein paar Bäume pflanzen, wenn wir das Blech wegreißen?“

Ich keuche erschrocken.

„War nur Spaß“, beruhigt mich Rosina. Und grinst. „Wir bräuchten natürlich Werkzeug. Frag doch mal deinen Decker, ob es in der Nähe einen Baumarkt gibt."

„Ich ...", beginne ich. Der Wind reißt an meinen Locken. Rosina wartet auf meine Antwort. „Ich kann nicht", murmle ich.

Was ich wirklich sagen will, ist: Ich kann meinen Freund Decker nicht fragen. Weil es ihn nicht gibt.

„Warum denn? Steht er nicht so auf Umweltschutz?"

Hilflos zucke ich mit den Schultern.

Sie bohrt weiter nach: „Oder willst du ihn nicht in was Verbotenes mit reinziehen?"

Sie klingt nicht, als versuchte sie mich zu verhören. Sie ist bloß neugierig. Auf Decker und darauf, wie er tickt. Weil ich ihre Freundin bin.

Diese Erkenntnis raubt mir den Atem. Sie fühlt sich genialer und zugleich tausend Mal schlimmer an, als hier über den Dächern zu stehen. Weil es Rosinas Freundin Ju nämlich genauso wenig gibt wie meinen Freund Decker. Ich bin nicht das Mädchen, das Rosina in mir sieht.

So komisch es klingt: Die Panik hilft mir bei der Entscheidung. Der Wind hier und der Bürgersteig zwanzig Meter unter mir sind greifbare Gefahren.

Die Angst davor, was Rosina zu meiner Lüge sagen wird? Die fühlt sich im Vergleich dazu unwirklich an.

Ich hole tief Luft. „Ich muss dir was gestehen. Das auf dem Foto ist gar nicht Decker."

Rosinas Augen werden groß. Und das Gefühl in mir kippt. Plötzlich ist die Angst vor Rosinas Antwort viel greifbarer als die Angst, vom Dach zu fallen.

Mein bisschen Mut verschwindet. „Decker ist nämlich der Sänger der Band", murmle ich. „Und das auf dem Foto ist der Gitarrist."

Sie fragt erstaunt: „Warum?"

„Weil ..." In meinem Kopf herrscht gähnende Leere. „Weil er noch nicht achtzehn ist!", platze ich heraus. „Das dürfen die in dem Club aber nicht wissen."

Rosina kräuselt die Stirn. Sie muss bemerken, dass meine Erklärung null Sinn ergibt.

Rasch ergänze ich: „Und weil ich nicht wollte, dass ihr ein Foto von ihm seht. Ist das verrückt?"

Ich halte den Atem an. Ein paar Herzschläge vergehen. Sie fühlen sich wie eine Ewigkeit an.

Endlich antwortet Rosina: „Ich finde es nicht verrückt. Eher niedlich." Plötzlich grinst sie wieder. „Wie sieht er wirklich aus?"

Der Gitarrist hatte schwarze Locken. „Blond."

Das genügt nicht. „Blond und ...?"

„Und süß?“ Sofort erkenne ich meinen Fehler. „Heiß“, verbessere ich mich. Rockstars sind nicht süß, die sind heiß.

Rosina lehnt sich an mein Lüftungsrohr. Sie hält mir eine Packung Kaugummis hin. „Magst du?“

Ich nehme einen. In mir spüre ich die gleiche Wärme wie damals, als ich Rosina zum ersten Mal begegnet bin.

Das ist einen Tag her. Und doch fühlt es sich länger an. Der Wind streicht durch Rosinas erbsengrüne Haare. Dieser Moment ist ein Höhepunkt in meinem Leben. Mit einer guten Freundin an einem verborgenen Ort abzuhängen. Ich habe bisher nicht gewusst, wie sich das anfühlt.

Jetzt weiß ich es. Rosinas Freundschaft riecht nach Wind und schmeckt nach Kaugummi. Und ich würde alles tun, um sie zu behalten.

5

Café Alge

Nach dem Gespräch auf dem Dach höre ich auf, mir Gedanken zu machen. Rosina ist meine Freundin. Soph und Maro sind meine Freundinnen. Freilich: Sie alle glauben, ich wäre Ju. Das coole Mädchen mit dem Musiker-Freund namens Decker.

Also muss ich Ju bleiben. Logisch, oder?

Wir hängen nach dem Klimaspiel meistens noch ab. Zum Beispiel im *Café Alge* beim Kanal. Soph hat herausgefunden, dass es dort die leckersten Süßkartoffel-Pommes der Stadt gibt. Klar fragen mich meine Freundinnen, warum ich so viel Zeit habe. Ich antworte dann, Decker wäre bei einer Probe. Oder er hätte gestern Nacht einen Auftritt gehabt und würde heute schlafen. Ich bin bereits ein Profi im Ausreden-Erfinden.

Am Freitag hocken wir zu viert auf einer Bank vor dem *Café Alge* mit Blick über das Wasser. Zur Insel.

Dieser Kanal mündet nämlich in einen Fluss. Zwischen ihm und dem Fluss liegt die Insel. Wir waren einmal drüben, aber es gab nicht viel zu sehen. Nur einen Rundweg und eine Allee aus Kastanienbäumen.

Heute tut sich dort einiges. Auf dem Rundweg parken Lastwagen. Arbeiter setzen Platten auf ein Gerüst aus Metallstreben.

Ich zupfe an dem fransigen Saum meiner Jeans. Heute Morgen habe ich Lucy gebeten, mir noch mal was zum Anziehen zu leihen. Sie war leicht stinkig. Und hat gesagt: Wenn mir meine eigenen Klamotten nicht gefallen, soll ich shoppen gehen.

Ich räuspere mich. „Habt ihr morgen schon was vor?“ Wir könnten gemeinsam shoppen gehen.

„Morgen?“, wiederholt Soph entgeistert. Maro ergänzt: „Du weißt, was diesen Samstag steigt. Oder?“

Rosina reicht mir ein Flugblatt vom Nebentisch. Ich sehe das Datum. Und die englischen Worte:

„CANAL OPEN AIR“. Ein Konzert unter freiem Himmel. Der Eintritt ist gratis.

Soph lehnt sich über Maro und nimmt mir das Flugblatt weg. „Das *Canal* ist der Höhepunkt des Sommers! Maro und ich sind schon ein paar Mal nur deswegen angereist.“

Maro wirft ein: „Spielen dein Decker und seine Band denn nicht mit?“

Ein Musik-Festival! Warum nur musste ich aus Decker einen Rockstar machen? Warum keinen Klempner oder Supermarkt-Regale-Befüller?

Ich schüttle den Kopf. Maro schmollt. „Schade. Ich wollte deinen heißen Schnucki endlich kennenlernen.“

„Wenn er nicht spielt, kommt er doch wenigstens, oder?“, mischt sich Rosina ein. „Kein echter Musikfan lässt sich das *Canal* entgehen.“

Spätestens jetzt müsste ich die Notbremse ziehen. Ich könnte zum Beispiel sagen, Decker wäre krank. Oder er hätte mit mir Schluss gemacht.

„Klar kommt er“, murmle ich. Und versichere meinen Freundinnen, dass sich Decker morgen beim Festival mit uns trifft.

Soph klaut die letzte Süßkartoffel-Pommes von Maros Teller. Sie hält sie sich wie einen Rüssel unter die Nase und grinst mich an. „Wenn er nicht kommt, ist er ein Elefant. Mit Pickeln.“

Ich fühle mich elend. Wo soll ich bloß bis morgen einen heißen, blonden Rockstar herzaubern?

6

Trophäen

Wenn ich das *Canal* mit zwei Worten beschreiben müsste, wären es diese: unübersichtlich und laut. Die drei Bühnen, A bis C, sind auf der Insel verstreut. Dank der Bäume sieht man immer nur eine.

Dazwischen herrscht ein unglaubliches Durcheinander. Es riecht nach Pfannkuchen von einem mobilen Imbiss. Und nach Bier. Eine Gruppe Punks kreuzt unseren Weg. Sie werden von einem Rudel Hunde begleitet. Ich weiche ängstlich zurück und pralle gegen Maro.

Soph pfeift hinter einem Punk her. „Geniales Tattoo!“, ruft sie. Er grinst sie an und hebt seine Bierdose zum Gruß.

Rosina schreit gegen den Lärm an: „Hier entlang!“

Besorgt sehe ich mich um. Lucy wollte mit ihren Freunden auch zum Festival. Heute Morgen trug sie ein T-Shirt in allen Regenbogenfarben. Mit so viel Glitzer, als hätte ein Einhorn darauf gepupst. „Ruf mich an, wenn du was brauchst!", rief sie mir zu. Und war schon durch die Tür.

Nun begreife ich: Ich muss nicht nur beweisen, dass es meinen Freund Decker gibt. Sondern ich muss meine Freundinnen zugleich von Lucy fernhalten. Lucy könnte mit ein paar Worten mein ganzes Lügenhaus einstürzen lassen.

Ich folge Rosina in die Kastanien-Allee. Soph zieht Maro an der Hand hinter sich her. „Wo wollt ihr als Erstes hin?"

Rosina antwortet knapp: „*Train Crash.* Die spielen in zehn Minuten auf Bühne C."

„Meinetwegen." Soph guckt zu Maro. „Vorher muss ich aber pinkeln."

„Ich auch", schließt sich Maro an.

Am Ende der Allee entdecke ich eine mobile Toilette. Und eine lange Menschenschlange davor.

Maro seufzt. „Dann eben in die Büsche."

„Wartet hier", verlangt Soph. Sie und Maro laufen zwischen die Kastanienbäume. Dahinter beginnt ein Irrgarten aus Buchenhecken. Soph und Maro verschwinden darin.

Ich höre ein Kichern. Maros Kopf taucht in der Hecke auf. Sie ruft: „Kommt! Das müsst ihr euch angucken."

Rosina seufzt. Doch wir verlassen die Allee und zwängen uns durch die Hecke.

Beim Ausgang des Irrgartens holen wir Maro und Soph ein. Dahinter ist eine Lichtung. Ein Autoanhänger parkt dort. Seine aufgeklappte Seitenwand dient als überdachte Theke.

Auf der Theke liegen in Plastik eingeschweißte Pakete. Bis Rosina und ich ankommen, hat Soph das erste aufgerissen. Sie hält ein schwarzes T-Shirt hoch. „*Canal Open Air*" steht in neonblauer Schrift darauf. Und das heutige Datum. Rosina pfeift durch die Zähne.

Maro zieht sich das T-Shirt über den Kopf. Es muss Größe XXL sein und reicht ihr bis zu den Knien. „Steht dir super, meine Süße", ätzt Soph.

Maro schubst sie und durchwühlt das Paket. Die ersten paar T-Shirts sind alle zu groß. Maro schleudert sie über ihre Schulter.

„Was tut ihr?“, frage ich ängstlich. „Wollt ihr etwa klauen?“

Rosina hebt ein T-Shirt vom Boden auf und wirft es mir zu. „Entspann dich“, befiehlt sie. „Ist doch gratis. Die gab es bisher jedes Jahr umsonst.“

„Bloß nie genug für alle“, wirft Maro ein.

Soph bestätigt: „Wir haben keine abbekommen.“

Sie rafft ein halbes Dutzend T-Shirts an sich und stopft sie in ihren Umhängebeutel.

„Nimmst du die alle mit?“ Meine Stimme klingt noch immer zu hoch und zu schrill. Wie die Stimme von Juli. Nicht wie die von Ju.

„Klar. Als Trophäen.“ Soph grinst mich an. „Außerdem kenne ich Leute, die aus den Vorjahren welche haben. Wir können tauschen.“

Rosina beugt sich über die Theke. „Die Schlauchschals sind neu, oder?“

Maro hebt den Kopf. „Was für Schlauchschals?“

„Die hier.“ Plastik raschelt. Rosina dreht sich zu uns um. Sie trägt ein zusammengefaltetes Stirnband mit dem Namen des Festivals darauf.

Maro quietscht vor Begeisterung und klettert auf die Theke. Soph lehnt sich darüber.

Ich bin die Einzige, die nicht nach den Schlauchschals greift. Und sehe daher, wie ein Mann zwischen den Bäumen am Ende der Lichtung hervortritt.

Er fängt an zu rennen. „He!“, schreit er. „Legt die Sachen sofort zurück!“

Soph stößt ein Schimpfwort aus. Maro rutscht von der Theke. Sie stürmen davon. Der Mann hinterher.

Er ist nur einer. Wir sind vier. Ohne ein Wort teilen wir uns auf. Rosina und ich laufen zurück in den Irrgarten. Links oder rechts? Ich werde langsamer. Rosina zieht mich nach links.

Ein paar Ecken weiter bleiben wir atemlos stehen. Mir wird klar, dass ich noch das T-Shirt halte. Als ich es in meinen Beutel ramme, taucht Maro auf. Sie lacht über unsere verdutzten Gesichter.

Rosina erholt sich am schnellsten von ihrer Überraschung. „Wo ist Soph?“

Unbekümmert wedelt Maro mit einer Hand. „Der Typ ist ihr nachgelaufen.“ Sie muss meine Panik sehen. „Alles okay“, versichert sie mir. „Soph hält unseren Schulrekord über die 200 Meter Sprint. Der Typ holt sie nie im Leben ein.“

Ihr Handy piepst. Sie guckt darauf und lacht. „‚*Train Crash* spielen schon'", liest sie uns Sophs Nachricht vor. „‚Wo bleibt ihr?'"

Wir sind fast wieder aus dem Irrgarten draußen. Da höre ich eine aufgebrachte Männerstimme rufen: „Eine von ihnen ist mir entwischt!"

Durch die Zweige erspähe ich eine knallgelbe Warnweste mit der Aufschrift „Ordner." Eine Frau wirft ein: „Ich sehe ein paar Mädchen. Sind sie das?"

Schon drängt sich jemand durch die Hecke. Wir gucken einander an und fangen an zu rennen.

Im Zickzack durch den Irrgarten. Maro ist dicht hinter mir und dann plötzlich verschwunden. Rosina muss einen anderen Weg eingeschlagen haben. „He! Bleib da!", schreit mir der Mann von vorhin nach.

Erst beim Ausgang des Irrgartens stolpere ich zu einem Halt. Alleine. Dieser Ausgang ist nicht der gleiche wie bei der Lichtung.

Die hohen Bäume da drüben könnten Kastanien sein. Liegt dort die Allee? Die Musik kommt aus dieser Richtung. Nach einem letzten Blick in den Irrgarten marschiere ich los.

Ich finde eine Holzhütte. Mein Handy piepst. Das schwarze T-Shirt hängt aus meinem Beutel. Ich rolle es zusammen und stopfe es so tief wie möglich hinein. Erst dann greife ich zum Telefon.

„Eine neue Nachricht", lese ich. Während ich hingucke, werden es zwei. Dann drei.

Rosina: „Wir sind alle bei *Train Crash*. Wo bist du?"

Soph: „Haben sie dich geschnappt?"

Rosina: „Wo bist du???"

Noch mehr Nachrichten erscheinen.

Rosina: „Wir stehen links von Bühne C. Leider sehr weit hinten."

Maro: „Neben dem schrägen Typen mit dem Zylinderhut."

Soph: „Such nach Maro. Der Typ nimmt sie gerade auf die Schultern."

Überwältigt starre ich die Fragen und Antworten an. Ich tippe: „Sie haben mich nicht geschnappt."

Das Feld mit den drei Punkten verrät mir, dass jemand zurückschreibt. Rasch schicke ich einen Satz hinterher: „Ich weiß nicht, wo ich bin."

Zu spät! Während ich auf „Senden" drücke, erscheinen drei Nachrichten gleichzeitig:

Rosina: „Wo bist du?"

Maro: „Wo bist du?"
Soph: „Ist Decker bei dir?"

Ich habe ihnen gesagt, dass Decker später kommt. Und es dann vollkommen vergessen. Nun wird mir klar: Das ist der perfekte Zeitpunkt für meine Mission.

Auf dem Festival laufen unzählige Jungs herum. Ich muss einen finden, der blond ist und heiß aussieht. Und ihn dazu überreden, dass er mein Spiel mitspielt. Wenigstens für ein paar Minuten.

Auf der anderen Seite der Hütte hängt eine Karte der Insel. Daneben hat jemand ein A4-Blatt mit den Bühnen vom Festival geklebt. Ich finde die kleine Bühne C an der östlichen Spitze der Insel. Bühne B im Nordwesten ist gar nicht weit von mir entfernt.

„Decker und ich kommen, sobald wir können", schreibe ich zurück. Und mache mich auf den Weg.

7

In der Falle

Die Richtung stimmt: Bald begegnen mir andere Festival-Besucher. Ich beginne mit der Suche nach heißen Jungs. Die meisten Blonden sind entweder zu jung oder aber schon in Lucys Alter. Decker, erinnere ich mich, ist erst siebzehn.

Ich streife um die Bühne B herum und frage mich dabei, was ich tue. Will ich ernsthaft einen Fremden zu meinen Freundinnen schleppen? Damit er ihnen vorspielt, er wäre Decker? Dieser Plan ist doch verrückt.

Vor allem, weil ich nun mal ich bin. Juli. Maro hätte kein Problem. Wenn ich das richtig verstanden habe, hockt sie gerade in ihrem Röckchen auf den Schultern eines schrägen Typen. Soph würde wie ein Straßendealer auf ihr Opfer zumarschieren und ihm für seine Hilfe ein paar T-Shirts versprechen.

Rosina würde ... würde gar nichts tun. Weil Rosina cool ist. Wirklich cool. Sie hätte niemals gelogen, bloß um sich interessant zu machen.

Ich will schon aufgeben. Da fällt mein Blick auf einen blonden Jungen an einem „Mexiko Imbiss". Seine Haare sind fast weiß: eindeutig gebleicht. Egal, blond ist blond. Er sieht auch nicht so viel älter aus als ich. Älter als siebzehn zwar schon. Aber Decker kann ruhig etwas älter aussehen. Schließlich müssen sie ihn ja in den Club reinlassen, in dem er spielt.

Ich dränge mich zwischen den Leuten durch. Der Blonde ist mit einem Freund unterwegs. Sein Freund hat einen Burrito in der Hand. Langsam entfernen sie sich von dem Imbiss und der Bühne.

Ich folge ihnen. Weg von all den Leuten. Ein Trampelpfad führt ins Gebüsch. Der Blonde und sein Freund verschwinden. Ich zögere. Aber ich darf heute nicht die ängstliche Juli sein. Ich muss in Jus Rolle schlüpfen.

Also ignoriere ich Julis Bauchgefühl. Ich schleiche dem Blonden und seinem Freund nach.

Die Sträucher zerkratzen meine nackten Arme und Beine. Dahinter macht der Pfad eine Kehre und verläuft steil nach unten. Ans Flussufer. Auf der Böschung liegt jede Menge Müll.

Angenommen, ich traue mich da runter. Was dann? Ich habe keine Ahnung, wie man Jungs anspricht! Soll ich es wie Soph bei dem Punk vorhin machen? Dem Blonden hinterherpfeifen und „Geniale Haare" rufen?

Ich schaffe ungefähr den halben Abstieg, bevor ich stolpere. Lose Steine kullern unter meinen Sandalen weg. Ich kann mich gerade noch an einem dürren Ast festhalten.

Die Steine rollen dem Blonden vor die Füße. Sein Freund weist mit dem Burrito in meine Richtung und lacht.

Der dürre Ast bricht! Mit einem Aufschrei taumle ich den restlichen Hang hinunter.

Am flachen Ufer lande ich bäuchlings im Kies. Direkt vor einem staubigen Paar Sneakers. Darüber: behaarte Schenkel und knielange Jeans. Ein halb aufgeknöpftes Hemd. Und ein grinsendes Gesicht umrahmt von weißblonden Haaren.

Der Freund des Blonden wedelt mit seinem Burrito. „Guck mal. Ein süßer Frosch."

Ich springe auf und reibe mir die schmerzenden Knie. Wer hätte gedacht, dass Flusskiesel so spitz sind?

Der Typ mit dem Burrito sieht zu. Sein Blick streicht über meine Beine. Ohne es zu wollen, mache ich einen Schritt rückwärts.

Der Blonde fragt mich: „Kennen wir uns?"

Ich schüttle den Kopf. Und begreife: Das hier war ein Riesenfehler. Wortlos drehe ich mich um. Ich will abhauen, da erscheinen oben auf dem Hang noch zwei Typen. Einer trägt seine Baseballkappe verkehrt herum. Der andere hat einen Strohhut mit einem Werbeaufdruck an der Krempe.

Sie kommen herunter. Baseballkappe bremst nicht rechtzeitig ab und taumelt gegen Strohhut. Der schubst ihn hart. Dann guckt er mich an und fragt: „Was tut die Kleine hier? Wer hat sie abgeschleppt?"

Der Blonde erwidert: „Niemand. Sie ist uns vor die Füße gehüpft." Er zwinkert mir zu. „Quak, quak", flüstert er in meine Richtung.

Ich will nur noch weg. Also dränge ich mich an Strohhut und Baseballkappe vorbei und laufe den Hang hinauf.

Nach ein paar Schritten packt Baseballkappe meinen Arm. „Bleib da“, lallt er. „Trink mit uns.“ Ein scharfer Gestank weht aus seinem Mund. In seiner anderen Hand hält er eine Zwei-Liter-Flasche Cola, in der garantiert keine Cola ist. Oder jedenfalls nicht nur.

Ich versuche mich loszureißen. Er schwankt. Doch er verstärkt seinen Griff und drückt mich an seine Brust. Ich wehre mich. Schon taumeln wir das kurze Stück den Hang hinunter.

Der Blonde ergreift meine Schulter und hält mich aufrecht. „Sehe ich auch so. Wenn du schon da bist, bleib auf ein Schlückchen.“ Der mit dem Burrito reicht die Cola-Flasche an ihn weiter.

Die Panik schärft meine Sinne. Ich rieche das eklige Gebräu in der Flasche. Und den frischen Geruch des Flusses. Ich höre die Wellen plätschern. Die fernen Stimmen anderer Besucher. Noch fernere Musik.

Mein Herz hämmert. Ich habe kein Mikro wie die Sänger auf den Bühnen. Wenn ich um Hilfe schreie, wer sollte mich hören? Und ich halte nicht wie Soph den Schulrekord im 200-Meter-Sprint. Selbst wenn ich an den vier Jungs vorbeikäme, würde ich es nicht bis oben schaffen.

Verzweifelt wende ich den Kopf. Links von mir ist der Blonde, daneben der Fluss. Rechts der Typ mit dem Burrito. Und eine steile Böschung voller kratziger Sträucher. Vorne versperrt mir Strohhut den Weg. Hinter mir steht Baseballkappe. Und eine Holzhütte mit einem kurzen Steg, der in den Fluss hineinragt. Ein Bootshaus. „RUDERVEREIN WIKINGER", lese ich die Aufschrift neben der offenen Tür.

Ich fasse einen Entschluss.

„Okay", sage ich laut. „Ich trinke mit euch." Meine Stimme klingt verräterisch hoch und schrill. Sie zittert auch ein bisschen. Aber die vier kennen mich nicht. Sie wissen nicht, wie ich normalerweise klinge. Ich nehme dem Blonden die offene Flasche aus der Hand.

Und drehe mich um und schleudere sie Baseballkappe entgegen.

Er greift danach. Und verfehlt. Die Flasche landet im Kies. Der ätzende Gestank breitet sich aus. Baseballkappe bückt sich fluchend. Wie ich gehofft hatte: Der Alkohol ist ihm wichtiger als ich. Mit rasendem Herzen stürme ich über den Steg ins Bootshaus und knalle die Tür zu.

8

Umweltschützer unter sich

Die Tür erbebt! Jemand wirft sich dagegen. Mit zittrigen Fingern ertaste ich den Riegel und schiebe ihn vor. Die Tür wackelt, doch der Riegel hält. Erst mal zumindest.

Schwer atmend gucke ich mich in dem dämmrigen Bootshaus um. Links und rechts ist Wasser. Vorne ein Tor. Ein Holzflügel hängt schief in den Angeln. Dahinter blitzt blauer Himmel durch. Und der blaue Fluss. Ich sitze in der Falle.

Mein Handy piepst.

Erleichterung durchflutet mich. Na klar! Ich kann Hilfe holen.

Bloß wen?

Die Polizei? Oder die Ordner vom Festival? Ich könnte natürlich meine Freundinnen anrufen.

Aber die Vorstellung, wie Maro in ihrem Röckchen auf die vier Jungs da draußen zumarschiert, verursacht mir Bauchkrämpfe.

Ich wähle die Nummer von Lucy. Es dauert ewig lange, bis sie abhebt. „Was gibt es?“ Sie muss schreien, um die Musik im Hintergrund zu übertönen. „Wo bist du, Juli? – Ich meine: Ju“, verbessert sie sich. Ich schniefe. Lucy nennt mich bei meinem selbst gewählten Namen. Sogar nachdem ich ihr eine Woche lang die Klamotten geklaut habe.

„Sag was, Ju!“ Die Musik wird leiser. Ich stelle mir vor, wie sich meine Cousine durch das Gewühl vor einer Bühne drängt.

Alles bricht aus mir hervor: „Ich habe was echt Blödes getan. Ich bin ein paar Jungs zum Fluss gefolgt. Jetzt hocke ich in einem Bootshaus, und sie warten vor der Tür. Ich kann nicht raus.“

Eine gefühlte Ewigkeit vergeht. Dann erwidert Lucy: „Was für ein Bootshaus? Wo genau ist das?“

Keine Vorwürfe. Keine Fragen, was ich mir dabei gedacht habe.

Ich hole tief Luft. „Neben der Tür steht ‚Rudervereín Wikinger'. Das ist hinter Bühne B und …"

Lucy unterbricht mich: „Ich weiß schon, wo. Bleib da. Ich muss jemanden anrufen."

Sie legt auf.

Und für ein paar Herzschläge bin ich mir sicher: Alles wird gut.

Aber dann tritt einer der Jungs gegen die Tür, und meine Panik kehrt zurück. Was hat Lucy gemeint? Wen will sie anrufen?

Mein Handy piepst. Eine Nachricht. Sie besteht nur aus fünf Worten: „Hilfe ist unterwegs. Halt durch!" Und so vielen Herz-Emojis, dass mir davon die Tränen kommen.

Danach passiert ein paar Minuten lang nicht viel. Durch die Tür höre ich die Jungs fluchen. Der Auftritt von *Train Crash* muss zu Ende sein, denn meine Freundinnen melden sich. Rosina will wissen, wo ich bleibe. Soph will wissen, wo Decker bleibt. Maro teilt mir mit, dass sie als Nächstes zur Hauptbühne gehen.

Ich habe keine Ahnung, was ich antworten soll. Schließlich schreibe ich nur: „OK, treffen wir uns dort." Und verspreche mir: Wenn ich heil aus diesem Schlamassel herauskomme, sage ich ab sofort die Wahrheit.

Draußen auf dem Trampelpfad kullern Steine. Eine fremde Jungenstimme ruft: „Hey! Ist bei euch da unten alles klar?"

Baseballkappe lallt zurück: „Verzieh dich!"

Der fremde Junge erwidert: „Nur für den Fall, dass es euch interessiert: An mir sind gerade ziemlich viele Uniformen vorbeigelaufen. Ich glaube, die wollen hierher."

Und ob das die vier interessiert! Ich höre, wie sie laut miteinander reden. Dann entfernen sich ihre Stimmen, und plötzlich ist alles still.

Gleich darauf höre ich Schritte. Sie hallen dumpf auf dem Steg und verklingen. Wer immer hier ist, er muss vor der Tür des Bootshauses stehen.

Ich kratze meinen Mut zusammen. Ziehe den Riegel zurück, öffne die Tür und blinzle in das grelle Sonnenlicht.

In das Gesicht eines fremden Jungen. Er wirkt so erstaunt wie ich, doch er fasst sich schnell.

„Suchst du die vier Assis?“, fragt er mich. „Die sind weg.“

„Und die Polizei?“

„Welche Polizei?“, entgegnet er. Plötzlich lacht er. „Du hast gehört, was ich vorhin gesagt habe? Das war bloß dahergeredet. Jeder konnte sehen, dass diese Typen krumme Dinger drehen. Ich dachte mir, sie sind bestimmt nicht scharf auf Stress mit der Polizei.“

Nun finde ich die Sprache wieder. „Und wer bist du?“

„Ich?“ Sein Blick schweift von mir ab. Im nächsten Moment grinst er mich an. „Sagen wir: Ich bin ein Umweltschützer. Du weißt schon: ‚Haltet unser Ufer sauber, räumt den Müll weg.‘“

Meint er den Abfall auf der Böschung oder doch eher die vier Assis? „Ich bin hier, um das Klima zu retten“, platze ich heraus. Was überhaupt nicht das ist, was ich eigentlich sagen wollte.

Rasch ergänze ich: „Danke. Fürs Müllsammeln.“ Autsch. Klingt das bescheuert! „Du hast mir womöglich das Leben gerettet.“

Unsere Blicke halten einander gefangen. Wegzusehen fällt mir schwer. Warum? Nur weil ich darauf programmiert bin, nach Jungs zu suchen, die Decker sein könnten?

„Ich heiße Alex“, sagt er in meine Gedanken hinein. „Auch bekannt als ...“ Er verstummt.

Erwartungsvoll wiederhole ich: „Auch bekannt als ...?“

„Alex“, erwidert er mit fester Stimme. Und lächelt. „Wenn es nach mir geht. Als jüngerer Bruder kann man sich seinen Namen meistens nicht aussuchen. Verstehst du?“

Ich habe zwar keinen Bruder. Doch ich weiß ziemlich genau, wovon er spricht. „Meine Oma nennt mich noch immer Julchen.“

Alex lacht. Mist, warum habe ich das gesagt? Ich hätte behaupten sollen, ich hieße Soph. Oder Maro! Sogar „Rosina“ wäre tausend Mal besser als „Julchen“.

Er fragt mich: „Wie heißt du wirklich? Nein, warte, lass mich raten. ‚Juli‘?“

„Ju“, entgegne ich. Und halte inne. So viel zu meinem guten Vorsatz, nicht mehr zu lügen. „‚Juli‘ ist auch okay“, murmle ich.

„Hallo, Juli. Freut mich, dich kennenzulernen." Er grinst mich an. Kaum sagt er das, fällt mir Lucy ein. Sie ist bestimmt gerade auf dem Weg, um mich zu retten!

„Ich muss meiner Cousine schreiben. Dauert keine Sekunde."

Alex wartet geduldig, bis ich eine Nachricht an Lucy geschickt habe. Ich bekomme jede Menge Herz-Emojis zurück.

Alex begleitet mich nach oben. Zur Sicherheit, wie er betont. „Bist du allein hier?", rufe ich laut, um die Musik von der Bühne zu übertönen.

Er schüttelt den Kopf. „Mit meinem Bruder. Und ein paar Kumpels. Wir haben uns vorübergehend getrennt." Ein Lächeln huscht über seine Züge. „Unser Musikgeschmack ist nicht ganz der gleiche."

„Was meinst du?"

Er guckt mich todernst an. „Wenn du mir die Wahl zwischen einem Zahnarztbesuch und einem Auftritt von *Clowns for Daisies* lässt, wähle ich den Zahnarzt."

Ich muss lachen, obwohl ich die Band nicht kenne.

Alex wechselt das Thema: „Und du bist nicht mit deiner Cousine unterwegs?"

„Nein, mit meinen Freundinnen.“ Er wirkt erstaunt. Weil jemand wie ich Freundinnen hat? Quatsch. Wahrscheinlich fragt er sich, wo sie sind. „Soph, Maro und Rosina“, zähle ich auf. „Sie wollten zur Hauptbühne.“

Wir machen uns auf den Weg und sehen bald die Allee vor uns. Alex bleibt bei mir.

Ich halte inne, als mir die Ironie bewusst wird: Meine Suche nach einem Decker-Darsteller hätte fast in einer Katastrophe geendet. Und dann kam Alex. Er ist zwar eher brünett als blond, aber ...

Ich kann unmöglich bei der Hauptbühne mit ihm aufkreuzen! Nicht nur, weil er anders aussieht, als ich Decker beschrieben habe. Er weiß vor allem nichts von der ganzen Sache. Was, wenn er beiläufig erwähnt, dass wir einander erst zehn Minuten kennen?

Ja, ich hatte mir vorgenommen, das Lügen aufzugeben.

Aber ...

Könnte ich ein Foto von uns machen?, spinne ich die Überlegung weiter. Es müsste natürlich ein Pärchenfoto sein. Zum Beispiel eines, auf dem wir uns gerade küssen.

„Stopp!“, rufe ich in Gedanken. „Du hast noch nie einen Jungen geküsst! Und den hier kennst du erst seit zehn Minuten.“

Trotzdem bleibt der neue Plan in mir hängen. Irgendwo im Hinterkopf.

9

Vertraust du mir?

Alex fragt mich: „Was hast du vorhin gemeint? Du bist hier, um das Klima zu retten?"

Wir sind in der Allee. Hier herrscht jetzt Hochbetrieb. Die einen Leute wollen zum Fluss, die anderen zum Kanal.

„Das Klimaspiel", antworte ich. Und ergänze rasch, weil ein Wort nicht genügt: „Meine Umwelt-AG hat eine Einladung dafür bekommen. Ich wurde ausgewählt."

Alex lächelt mich an und guckt dann wieder über die Leute. Er ist groß genug dafür, während ich im Gewühl feststecke.

„Da vorne ist kein Durchkommen." Er spitzt die Lippen und scheint angestrengt zu überlegen. „Vertraust du mir?"

Besorgt entgegne ich: „Wieso?"

„Weil ich eine Abkürzung kenne."

Mein letzter solcher Ausflug hat im Bootshaus geendet. Andererseits: Alex hat mich gerettet.

Ich nicke. Alex ergreift meine Hand. Überrascht versteife ich mich. Noch nie hat ein Junge meine Hand genommen.

Aber das ist kein Date, oder? Er will bloß nicht, dass ich verloren gehe.

Alex bahnt für uns beide einen Weg aus dem Gedränge. „Warst du schon öfter hier?"

„Nur einmal", gebe ich zu. „Ich kenne hauptsächlich die Allee. Warum fragst du?"

„Weil ..." Er tritt vor mich. „Ich muss dir was gestehen."

Gerade vorhin wollte er wissen, ob ich ihm traue. Was mag jetzt kommen? Ich lege so viel Selbstbewusstsein in meine Stimme wie nur möglich: „Ach ja? Rück damit raus."

Er guckt mir tief in die Augen. „Meine Freunde sind auch bei der Hauptbühne." Ich sehe, wie er der fernen Musik lauscht und angewidert das Gesicht verzieht. „Und *Clowns for Daisies* spielen dort noch immer."

Ein Kichern entschlüpft mir. Ich finde es sympathisch, wie ernst er seine Abneigung gegen diese Band nimmt.

„Wir müssen nicht hin, wenn du nicht willst", versichere ich ihm.

Alex lächelt. „Dann mache ich dir ein Angebot: Ich zeige dir einstweilen meinen Lieblingsplatz auf der Insel. Und wir passen unsere Freunde nach dem Auftritt ab. Einverstanden?"

Ich nicke.

Bald kommen wir zu einer Wiese. An ihrem Ende ragt ein hoher Maschendrahtzaun auf.

„Mist!", entfährt es Alex. „Das hatte ich ganz vergessen." Er marschiert weiter. Hinter dem Zaun steht ein rot-weißes Absperrgitter für eine Baustelle. Und ein Schild: „RESTAURANT KANALBLICK". Von dem Gebäude ist bloß eine Schutthalde übrig.

Ich höre Alex seufzen. „Das war unser Stammlokal", verrät er mir. „Jetzt kommt stattdessen so ein Schickimicki-Laden hin. Mit eigenem Jachtclub und Wohnungen für Superreiche." Er schüttelt den Kopf. „Und hier war der einzige Zugang."

„Wofür?"

Ausweichend erwidert er: „Für das, was ich dir zeigen wollte."

Hätte er es mir einfach gesagt, hätte ich wahrscheinlich aufgegeben. So aber bin ich neugierig. „Wo genau ist denn dieser Zugang?"

„Dort hinter dem Bagger. Ein Trampelpfad. Siehst du?" Alex umfasst mein Gesicht und dreht es sanft in die richtige Richtung. Mein Herz klopft laut. Noch nie hat mich ein Junge einfach so berührt.

Die Musik von den Bühnen dringt bis zu uns. Trotzdem kommt mir das Festival meilenweit entfernt vor. Kein Mensch ist hier. Vor Montag kehren die Bauarbeiter bestimmt nicht zurück.

Alex muss ähnlich denken. Er fragt mich: „Wie gut kannst du klettern?"

Wäre ich noch Juli, hätte ich ihn ganz entsetzt angestarrt. Und womöglich gerufen: „Aber guck mal! Da steht: ‚Betreten der Baustelle verboten!'"

Ich trete zum Maschendrahtzaun vor und schenke Alex mein bestes Ju-Grinsen. „Wetten, ich bin schneller drüben als du?"

Er schiebt sich neben mich. Und grinst zurück. So verwegen, dass mir davon die Knie weich werden. Unfair!

„Auf die Plätze, fertig …" Bei „Los!" springe ich am Zaun hoch und klammere mich fest.

Alex ist vor mir oben, doch er wartet. Ein Hochgefühl durchflutet mich, als ich mich neben ihm über die Kante schwinge. Ich lasse mich fallen und taumle in den Schutt der Baustelle.

Leichtfüßig landet Alex neben mir. „Du hast gewonnen." Er grinst noch immer.

„Das gilt nicht. Du hast mich gewinnen lassen."

„Gut, dann wetten wir eben noch mal." Sein Blick schweift über die Baustelle. „Wer als Erster beim Pfad ist, spendiert der anderen ein Eis."

„Wer als die Erste beim Pfad ist", betone ich. Sein Grinsen wird breiter. Völlig unerwartet stürmt er los.

Wir rasen im Zickzack über die Baustelle und weichen den Schutthaufen aus. Diesmal lässt mir Alex keine Chance. Am Eingang zu dem schmalen Fußweg bleibt er stehen. „Erster", verkündet er. „Jetzt schulde ich dir ein Eis." Er klingt sehr zufrieden.

Ob er mir die am besten verstecke Eisbude der Welt zeigen will? Ich hätte nichts dagegen. Es wäre wie ein Date.

Woher kommt dieser Gedanke plötzlich? Nur von meinem halbherzigen Plan mit dem Kussfoto? Mein erster Kuss soll doch ein ganz besonderer Moment sein. Vor allem: ein Moment ohne Lügen.

Meine Hochstimmung verfliegt. Bedrückt folge ich Alex. Auf dieser Seite der Baustelle gibt es keinen Zaun, bloß eine rot-weiße Absperrung. Wir quetschen uns daran vorbei.

Nach ein paar Schritten bleibt Alex stehen. „Hier. Das wollte ich dir zeigen."

Eine kleine Bucht breitet sich unter uns aus. Ziemlich genau dort, wo sich das Wasser in den Fluss und den Kanal teilt. Auf ihrer linken Seite wachsen ein paar Bäume.

Alex grinst verwegen. Ich ahne so ungefähr, was kommen wird.

„Es ist ziemlich heiß heute, findest du nicht?", fragt er mit gespielter Unschuldsmiene.

Sofort begreife ich. „Du willst schwimmen?"

„Klar“, sagt er. „Baden gehört zum Festival dazu.“ Er weist mit dem Kinn in die Richtung der Baustelle. „Ohne das wäre es hier schon gerammelt voll. Und keine Angst, ich bin geprüfter Rettungsschwimmer. Wenn du untergehst, ziehe ich dich an Land.“

Unterzugehen ist nicht meine größte Sorge. Eher, wie kalt das Wasser sein mag. Und vor allem: „Ich habe keine Badesachen dabei.“

„Macht doch nichts“, erwidert Alex unbekümmert. „Ich schwimme in meinen Shorts, du kannst das Gleiche tun.“ Er fügt bedeutsam hinzu: „Falls du dich traust.“

Man könnte meinen, er würde mich kennen! Mich so bei meinem Ehrgeiz zu packen ist einfach nur fies.

Ich sage, was Ju sagen würde: „Ich wette, ich bin vor dir im Wasser.“

Ziemlich rasch merke ich, dass ich den Mund wieder zu voll genommen habe. Jungs sind beim Ausziehen einfach schneller. Oder wenigstens ist Alex schneller als ich. Er steht schon barfuß in seinen Shorts da und streift sich das T-Shirt über den Kopf, während ich noch mit den Riemchen meiner Sandalen fummle.

„Ich fürchte, ich gewinne“, sagt er bedauernd. Ich funkle ihn genervt an. Bis er wegguckt.

Dann ziehe ich mir hastig das Blümchen-Top über den Kopf. Ich trage heute meine eigenen Klamotten, weil Lucy vor mir wach war und ich mich nicht in ihren geklauten Sachen aus dem Gästezimmer getraut habe.

Alex redet weiter: „Aber das wäre nicht wirklich fair."

Ich bringe mich in Start-Stellung. Bereit, ins Wasser zu stürmen und ihn doch noch zu schlagen.

Er sieht die Bewegung und schüttelt den Kopf. „Vergiss diese Wette, okay? Außerdem wollte ich dir etwas wirklich Cooles zeigen. Komm mit."

Barfuß folge ich ihm die Uferböschung hinauf. Zu den Bäumen. Warmer grauer Fluss-Sand kitzelt meine Sohlen.

Um den Stamm des höchsten Baumes ist ein Seil gewickelt. Ein Stück Holz hängt am Ende. Alex erhebt sich auf die Zehenspitzen und bekommt gerade eben das Holz zu fassen. Er wickelt damit das Seil vom Baumstamm ab.

Anschließend lehnt er sich rückwärts, bis das Seil gespannt ist. Eine Schaukel. Sie trägt sein Gewicht.

„Bereit?", fragt er mich. Er richtet sich auf und reicht mir das Stück Holz.

Ich schüttle erschrocken den Kopf. Und lese dabei etwas in seinen Augen. Als würde er seine Meinung über mich ändern. Als hätte er gedacht, ich wäre cool. Ich wäre Ju. Und nun erkennt er, dass ich in Wirklichkeit Juli bin.

Ich hasse es, Juli zu sein: langweilig, spießig und einsam.

Mir bleibt keine Wahl. Ich greife nach dem Holz. „Okay", stammle ich. „Wenn du das willst, tue ich es."

Alex zögert. Zu meiner Überraschung hält er das Holz von mir weg. „Nein, du hast recht. Ich sollte dir beweisen, dass es sicher ist. Sehr vernünftig von dir." Er lächelt.

Ehe ich seinen Plan kapiere, nimmt er Anlauf und springt.

Er segelt weit über die Böschung. Und lässt los. Das Holz schwingt an dem Seil zurück. Ohne nachzudenken, fange ich es auf. Mit einem Platschen versinkt Alex im Fluss.

Schon taucht er auf und schüttelt sich das Wasser aus den kurzen, brünetten Haaren. Er hebt eine

Hand in meine Richtung und winkt. Ich höre ihn lachen.

Ob es an dem Winken liegt oder an dem Lachen: Ich fühle mich plötzlich unglaublich mutig. Unbesiegbar. Nichts kann mich aufhalten.

Das Holz in meiner Hand ist warm von Alex' Fingern. Entschlossen nehme ich Anlauf wie er.

Und springe.

10

Schlechtes Timing

Ich lasse los. Und falle. Die Wellen schlagen über mir zusammen. Prustend tauche ich auf.

Alex schwimmt näher. Zum ersten Mal bemerke ich, wie blau seine Augen sind. Blauer als der Fluss und der Himmel.

„Super Sprung für den ersten Versuch", lobt er mich. „Zehn von zehn Punkten." Das Wasser ist eiskalt, doch sein Lachen wärmt mir das Herz. Ich fühle mich gut. Mutig. Cool und lässig. Wie Ju.

Lauter Lärm kommt von rechts, wo der Kanal vom Fluss abzweigt. Bei der Hauptbühne klatschen unzählige Leute. Der Auftritt von *Clowns for Daisies* ist zu Ende.

„Wir müssen zurück!", entfährt es mir. Rosina, Soph und Maro fragen sich bestimmt, wo ich bleibe.

Alex guckt mich bedauernd an. Schließlich nickt er. Wir waten durchs seichte Wasser an Land.

Alex rubbelt sich mit seinem T-Shirt die Haare trocken. „Ein *Canal*-Shirt von diesem Jahr?“, entfährt ihm, als er mein „Handtuch“ sieht. „Wo hast du das her?“

„Geklaut“, gestehe ich. Rasch verbessere ich mich: „Nur halb geklaut. Wir haben einen Anhänger voller Gratis-Sachen gefunden.“

Belustigt schüttelt er den Kopf. „Du bist echt überhaupt nicht so, wie ...“ Er unterbricht sich.

„Nicht so langweilig und spießig, wie ich aussehe?“ Zu spät beiße ich mir auf die Lippe.

Alex schüttelt den Kopf. „Das habe ich nicht gemeint.“ Er tritt dicht an mich heran. „Ich finde dich echt cool. Und ziemlich süß.“

„Süß wie eine Rumrosine?“, gebe ich zurück.

„Oder wie das Eis, das ich dir schulde“, witzelt er. Die seltsame Stimmung verfliegt. Ich bin zugleich enttäuscht und erleichtert.

Wir verlassen die Bucht. Bis wir die Absperrung oben erreichen, habe ich jede Menge Sand in den Sandalen. Ich bücke mich und reibe die Körner von der empfindlichen Haut zwischen meinen Zehen.

Alex sagt bedauernd: „Ich sollte dich jetzt wirklich zu deinen Freundinnen bringen. Bloß schulde ich dir noch ein Eis. Wenn du Lust hast …?“

„Klar.“ Es geht nicht um das Eis. Ich will einfach mehr Zeit mit ihm verbringen. Nur wir beide. Rosina, Soph und Maro werden das verstehen, wenn ich ihnen alles erzähle.

Falls ich ihnen je alles erzähle. Schließlich habe ich Alex nur getroffen, weil ich dem Blonden gefolgt bin. Damit ich sagen könnte, er wäre Decker.

Auf dem Weg um die Spitze der Insel kommen wir der Hauptbühne sehr nahe. Eine neue Band spielt. Hinter der Absperrung drängen sich die Besucher: ein Meer aus Köpfen. Ich suche vergeblich nach Dreadlocks. Nach erbsengrünen Haaren. Nach Maro auf den Schultern irgendeines Typen.

Alex summt bei dem Lied mit. Er klopft mit einem Fuß den Takt. Ich bin neugierig. „Spielst du selbst?“

„Ein bisschen Gitarre“, gesteht er. „Nur mit Freunden. Nicht auf der Bühne!“

„Aber du nimmst Musik sehr ernst.“ Das weiß ich nun.

„Ja, klar. Gute Musik, schlechte Musik – dazwischen liegen Welten.“ Er legt den Kopf schief. „Was nimmst du ernst?“

„Umweltschutz.“ Das klingt ein bisschen weniger langweilig als „Meine Schulnoten“. Und bis auf diese beiden fällt mir nichts ein.

Alex lacht. „Die Jungs stehen sicher Schlange, um mit dir Müll zu sammeln.“

Er will mich veräppeln, oder? Doch er guckt nicht so drein. Nun beugt er sich vor. Mein Herz flattert. Wird er mich küssen?

Der Song endet. Die Besucher klatschen. Es fühlt sich an, als würden sie uns beiden applaudieren. Ich weiche vor Alex zurück. Er wirkt enttäuscht. Aber was, wenn mich meine Freundinnen sehen? Wie soll ich ihnen erklären, dass mich ein fremder Junge küsst?

Wir laufen weiter und umrunden die Spitze der Insel. Drüben im Café herrscht mehr Betrieb als sonst. Vor der Eis-Theke stehen die Leute Schlange.

„Das *Alge*.“ Alex ruckt mit dem Kinn. „Ich bin nicht oft dort, aber das Eis ist lecker. Sie haben sogar eine Sorte, die *Grüne Alge* heißt. Mit Grüntee und …“

„Spinatstreifen“, beende ich seinen Satz. Wir haben das Algen-Eis bei unserem ersten Besuch probiert. Ich fand es gut. Das habe ich mich aber nicht getraut zu sagen, weil ich die Einzige war.

„Du kennst den Laden?“ Alex klingt ein bisschen so, als hätte ich ihm eine Überraschung verdorben.

„Ja. Und ich liebe das Eis!“, versichere ich ihm.

Wir überqueren den Kanal und reihen uns in die Schlange ein. Die Musik ist hier noch immer laut. Hinter uns steht ein Pärchen. Das Mädchen trägt ein *Canal*-T-Shirt vom Vorjahr. Sie zwinkert mir zu und lehnt sich an die Brust ihres Freundes. Gerne hätte ich gewusst, ob sie sich letztes Jahr hier kennengelernt haben. Und ich male mir aus, wie Alex und ich in einem Jahr genauso in der Schlange stehen. Zusammen.

„Stopp!“, ermahne ich mich. „Nur weil er dir ein Eis schuldet, planst du eure gemeinsame Zukunft? Wer weiß, was in einem Jahr ist!“

Ich weiß es nicht. Aber ich weiß, was ich mir wünsche.

Alex spendiert mir einen Riesenbecher Eis mit allen Sorten. Ich möchte, dass er das Algen-Eis probiert.

Er beugt den Kopf und guckt mir dabei tief in die Augen. Dann kostet er und schüttelt sich angewidert. „Nein, danke. Ich bleibe bei Schoko." In seiner Tüte sind drei Kugeln dunkles Schokoladeneis. „Schmeckt dir das echt? Wir könnten es sonst in den Kanal schmeißen. Als Futter für die Enten."

Ein Stück flussaufwärts führen Steinstufen zum Kanal. Wir hocken uns hin. Seite an Seite. Gegenüber liegt die Hauptbühne. Der Auftritt dort endet, die Besucher zerstreuen sich. Mein Handy piepst. Soph, Maro und Rosina schreiben bestimmt, wo sie hinwollen. Aber noch balanciere ich vorsichtig den Riesen-Pappbecher auf meinen Knien.

Ein Entenpärchen schwimmt vorbei. Alex wirft ihnen den Rest seiner Waffeltüte zu. Er rutscht näher an mich heran und legt eine Hand auf mein Knie. Der Eisbecher wackelt. Ich schaffe es kaum, ihn ruhig zu halten.

Alex' Haare sind noch feucht. Seine blauen Augen strahlen mit dem Himmel um die Wette. Sein Atem riecht nach Schoko-Eis.

Er lehnt sich zu mir und küsst mich.

Dummerweise habe ich einen vollen Löffel in der Hand. Der entgleitet mir und fällt in den Becher. Geschmolzenes Eis spritzt auf mein Blümchen-Top. Ich zucke zusammen. Der Pappbecher kippt. Sein restlicher Inhalt ergießt sich über meinen Schoß.

Alex und ich fangen an zu lachen.

Nicht etwa, weil es lustig wäre. Es ist sogar ziemlich traurig. Aber was bleibt uns übrig?

Alex schnappt sich den Löffel. Er schiebt damit die Kugel Algen-Eis zurück in den Becher. Alles andere ist nun Eis-Soße auf meinen Klamotten.

„Bitte sehr. Dein Entenfutter." Er lächelt verlegen. „Meine Freunde sagen, ich habe das schlechteste Timing der Welt."

„Das beste Timing", widerspreche ich. Und denke an die vier Assis im Bootshaus. Mir ist nicht einmal peinlich, dass ich nun vollkommen bekleckert neben ihm hocke.

„Trotzdem", beharrt er. „Jetzt schulde ich dir noch ein Eis. Und wahrscheinlich Klamotten."

Er hält mir sein T-Shirt hin. Es ist ziemlich staubig von der Schutthalde. Alex folgt meinem Blick. „Ich könnte es waschen?", schlägt er vor. Und irgendwie ist das zu viel. Ich fange wieder an zu lachen.

Nachher steige ich die Stufen hinunter. Ich säubere meine Jeans, so gut es geht. Am Ende prangt vorne ein nasser Fleck. Ich schlüpfe in das *Canal*-T-Shirt. Und wünsche mir, meines würde mir auch bis zu den Knien reichen.

Alex hat den Becher für mich bewacht. Ich greife danach. Doch er hält ihn von uns beiden weg und zieht mich zugleich an seine Brust. Er beugt sich vor. Ohne nachzudenken, spitze ich die Lippen.

„Ju!", erklingt mein Name. Ich reiße die Augen auf. Wann habe ich sie geschlossen? Über die Schulter von Alex sehe ich Rosina, Soph und Maro winken.

Alex raunt mir zu: „Deine Freundinnen?"

Ich murmle zurück: „Mit dem schlechtesten Timing der Welt." Und höre ihn leise lachen.

11

Aufgeflogen?

Wir steigen hinauf. Rosina und Maro tragen ihre *Canal*-T-Shirts. Soph eines, das sie vorhin nicht hatte. Schwarz mit einem silbernen Totenkopf. Hat sie das Teil gegen eine von ihren Trophäen eingetauscht?

Sie begrüßt mich fröhlich: „Du Verräterin!“ Und weist auf Alex. „Was tust du mit ihm in unserem Café? Ohne uns?“

Maro ergänzt vorwurfsvoll: „Wir haben von drüben gerufen. Du hast nicht einmal hergeguckt!“

Rosina späht in meinen Becher. „Algen-Eis? Pfui Spinne!“

Mir schwirrt der Kopf. Ich hatte nicht damit gerechnet, meine Freundinnen so schnell zu sehen. Ich brauche Zeit. Zeit und ... und ein Wunder. Denn Rosina, Soph und Maro glauben, Alex wäre Decker!

Und Alex weiß davon nichts.

Er greift nach meiner Hand. Doch er guckt zur Brücke über den Kanal. Von dort läuft jemand auf uns zu. Ein Mädchen mit Locken wie meinen und einem Einhornpups-T-Shirt.

Lucy!

Alles ist aus, begreife ich. Nicht einmal ein Wunder kann mich jetzt noch retten. Ein Wort von irgendwem wird genügen, damit der Schwindel auffliegt. Denn Lucy weiß nichts von der Decker-Sache. Sie weiß nicht einmal von meinen Freundinnen. Und die anderen wissen nicht, dass ich bei ihr wohne.

Ich sollte wohl in Panik geraten. Aber nach der ganzen Rennerei und den verrückten Aktionen an diesem Tag ist bei mir die Luft draußen.

Ich will nicht mehr lügen. Das mit Decker und mir war von Anfang an eine dämliche Idee. Und ich habe mich immer tiefer hineingeritten. Weil ich es nicht ertragen konnte, einen Fehler gemacht zu haben.

Jetzt muss ich dafür bezahlen. Glasklar sehe ich die Zukunft vor mir: Rosina, Soph und Maro werden mir die Freundschaft aufkündigen. Alex auch. Wahrscheinlich sogar Lucy.

Ich werde wieder die alte Juli sein. Brav und schüchtern und einsam.

Lucy keucht herbei. „Da bist du ja!“, begrüßt sie mich atemlos. „Ich habe diese drei Mädchen ‚Ju!‘ brüllen gehört und dachte …“

Hinter ihr schlendert ein Typ in unsere Richtung. Er ist groß mit brünetten Haaren, und er kommt mir bekannt vor. Lucy unterbricht sich und winkt ihm. Lässig hebt er einen Arm.

Rosina wirft ein: „Ju? Wer ist das?“

„Meine Cousine. Lucy.“ Ich hole tief Luft. „Lucy, das sind Rosina, Soph und Maro. Meine …“ Freundinnen, wollte ich sagen. Aber stimmt das noch? „Vom Klimaspiel“, murmle ich mit gesenktem Blick.

Ich fühle mich wie zuvor im Bootshaus. Als säße ich in der Falle. Jeden Moment kann irgendjemand Deckers Namen erwähnen.

Vielleicht sollte ich flüchten? Und mich zwei Wochen lang in der Bucht verstecken? Bis das Klimaspiel zu Ende ist und ich nach Hause darf. Tränen steigen mir in die Augen.

Lucy erkundigt sich besorgt: „Alles in Ordnung?“

Ich nicke stumm. Doch das genügt nicht. Sie wendet sich an Alex. „Decks, was ist mit ihr los?“

Moment mal. Ich reiße den Kopf hoch.

Decks?

Lucy glaubt, Alex wäre Decker!

Aber warum sollte ausgerechnet Lucy das glauben? Ich habe ihr nie von meinem erfundenen Freund erzählt. Lucy ist die Einzige, die den echten Decker kennt!

Meine Gedanken jagen einander. Alex ist Decker? Die ganze Zeit habe ich mir den Kopf darüber zerbrochen, welchen fremden Jungen ich als Decker ausgeben könnte. Und dabei hatte ich den echten Decker an meiner Seite und wusste es nicht!

Das kann kein Zufall sein. Höchstens Schicksal. Oder ...

Einiges ergibt plötzlich einen Sinn. Dass Alex genau dann beim Bootshaus aufgekreuzt ist, als ich Hilfe gebraucht habe.

Ich wische die Tränen weg. „Du hast ihn angerufen, damit er mich rettet?“, frage ich Lucy ganz verstört.

„Ja, klar. Das ging am schnellsten. Er war in der Nähe. Da habe ich ihn gebeten, er soll ein Auge auf dich haben.“ Sie funkelt Alex an, während sie redet.

„Habe ich doch getan“, entgegnet er. Und legt einen Arm um mich.

„Ein Auge sollst du auf sie haben! Deine Hände behältst du gefälligst bei dir“, ermahnt ihn Lucy streng.

„Das darf Juli entscheiden.“ Sein Blick begegnet meinen. „Passt es für dich, wo meine Hände sind?“, fragt er leise und lächelt mich an. Ich nicke unter Tränen.

Soph findet die Sprache wieder. „Du bist wirklich Decker? Wir dachten schon, dich gibt’s gar nicht.“

Alex antwortet schneller als ich: „Warum sollte es mich nicht geben?“

„Weil uns Ju ein Bild von dir gezeigt hat, auf dem man genau null erkennen konnte“, mischt sich Maro ein.

Alex behauptet: „Das war meine Schuld. Ich bin nicht so scharf darauf, für Fotos zu posieren.“ Ich wage kaum zu glauben, dass er mein Spiel tatsächlich mitspielt. Dass er zu mir hält, obwohl ich gelogen habe.

Der brünette Typ erreicht uns. Er zieht Lucy an sich und drückt ihr einen Kuss aufs Haar. „Hallo“, sagt er in die Runde. Sein Blick bleibt an mir hängen.

„Du bist Juli, stimmt's? Die Cousine?" Als Nächstes guckt er Alex an. „Hey, Decker."

„Alex", verbessert ihn Alex. Er klingt genervt. Ich höre Maro aufgeregt quietschen und bin froh, dass ich nie einen Vornamen für meinen Freund Decker erfunden habe.

Und plötzlich weiß ich, wer der Typ sein muss. Er und Alex sehen einander ähnlich. Wie Brüder.

„Wieso darf dich Lucy Decker nennen, aber ich nicht?", beschwert sich der Bruder.

„Weil ich es *sage*", gibt Alex zurück.

Sein Bruder rollt die Augen. Mir fällt ein, woher ich ihn kenne. Aus dem *Siebten Himmel.* Er hat mich für Lucy gehalten.

Mein schlimmster Albtraum ist wahr geworden. Meine Freundinnen, Lucy, Alex und sein Bruder – alle sind gleichzeitig hier. Und trotzdem bin ich nicht aufgeflogen! Dank Alex glauben die anderen, ich wäre Deckers feste Freundin.

Der Bruder schlingt von hinten beide Arme um Lucy. „Ich will rüber zur Bühne, bevor *Niemalstag* loslegen. Wer kommt mit?"

„Ich bleibe", erwidert Alex sofort.

Rosina fragt die anderen: „Was haltet ihr von *Niemalstag*?"

Maro zuckt mit den Schultern. Soph entscheidet: „Klingt okay."

„Dann geht mal vor. Ich muss pinkeln." Rosina deutet auf das Café.

„Schon wieder?", entfährt es Maro. Soph ergreift ihre Hand und zieht sie zur Brücke. Lucy und der Bruder folgen ihnen.

Plötzlich läuft Lucy zurück und umarmt mich. Dabei flüstert sie: „Ich bin so froh, dass dir nichts passiert ist!" Sie zwinkert mir und Alex zu und joggt davon. Überrascht und erleichtert gucke ich ihr nach.

Gleich jedoch fällt mein Blick auf Rosina. Vor den Toiletten stehen die Mädchen Schlange, und sie macht keinen Schritt darauf zu. Hat sie das mit dem Pinkeln nur gesagt, um Soph und Maro loszuwerden? Weil sie allein mit mir reden will?

Das warme Gefühl in mir verebbt. Rosina ist meine Freundin. Aber sie ist nicht doof. Sie ist sogar alles andere als doof.

Ich schiebe mich an Alex vorbei. Rosina tritt ein wenig zur Seite. Wenn wir leise genug reden, hört uns Alex vermutlich nicht.

„Du hast zu uns gesagt, dein Freund Decker wäre blond!“, überfällt mich Rosina. Ich habe das Gefühl, dass sie Bescheid weiß. Keine Ahnung, wie und warum.

„Das kann nur eines heißen. Nämlich ...“ Sie macht eine dramatische Pause. Ich halte den Atem an.

„Du bist wohl farbenblind, Mädel“, beendet sie den Satz. Und lacht mich an. Der grüne Stein zwischen ihren Schneidezähnen funkelt.

Ich könnte vor Erleichterung heulen. „Wieso?“, gebe ich zurück. „Alex ist doch blond! Und deine Haare sind tomatenrot, oder etwa nicht?“

Wir grinsen einander an. Tief im Innersten spüre ich: Egal, was Rosina weiß oder vermutet, sie hat mir verziehen.

Bedeutsam guckt sie zu Alex. „Viel Spaß“, wünscht sie mir. „Haut nicht wieder ab. Wenn ihr in einer halben Stunde nicht da seid, suchen wir euch!“ Sie gibt mir einen Klaps auf die Schulter und läuft zu den anderen.

Und dann sind bloß wir beide übrig: Alex und ich.

Dass er mein Spiel mitgespielt und mich nicht verraten hat? Dafür bin ich ihm unglaublich dankbar. Aber das heißt noch lange nicht, dass er weiter mit mir abhängen will. Warum sollte er?

Ich muss heftig schlucken, bevor ich die nächsten Worte herausbringe: „Das war's dann wohl, oder? Mit uns."

Alex legt einen Arm um mich und zieht mich an seine Brust. „Warum denn?"

„Weil du jetzt weißt, wer ich wirklich bin", murmle ich. „Die langweilige Cousine von Lucy."

Er lacht leise. „Du bist doch nicht langweilig. Da war ich mir schon am Montag sicher."

Am Montag? Wir kennen uns erst seit heute! Verblüfft starre ich ihn an.

Er lächelt ein wenig verlegen. „Im *Siebten Himmel*, erinnerst du dich? Mein Bruder hat dich für Lucy gehalten." Und plötzlich fällt mir der Junge mit der Kappe ein. Alex!

„Du warst weg, bevor ich mit dir reden konnte", fährt er fort. „Wie gesagt: schlechtes Timing." Er lächelt mich an. „Und ich hatte ja keine Ahnung, wer du warst. Ich habe gedacht, ich würde dich nie wieder sehen. Bis zum Bootshaus."

Also war Alex genauso auf der Suche nach mir wie ich auf der Suche nach ihm? Und ohne meine Lüge hätten wir beide im Regen gestanden.

Er drückt mir einen Kuss auf die Lippen.
Ich schließe die Augen.

Und denke, während ich in seinen Armen versinke: „So eine verrückte Geschichte glaubt uns keiner."

Dieses Buch wurde von Jugendlichen für Jugendliche getestet.

MIX
Papier aus verantwortungsvollen Quellen
FSC® C089473

Dieses Buch ist erhältlich als:
ISBN 978-3-407-81355-8 Print

in der Verlagsgruppe Beltz · Weinheim Basel
Werderstraße 10, 69469 Weinheim

Lektorat: Christian Walther
Neue Rechtschreibung
Einbandgestaltung: Cornelia Niere, München
Herstellung: Klara Groß / Natalie Baumann
Druck und Bindung: Beltz Grafische Betriebe, Bad Langensalza
Beltz Grafische Betriebe ist ein klimaneutrales Unternehmen
(ID 15985-2104-100).
Printed in Germany
1 2 3 4 5   28 27 26 25 24

Der Inhalt dieses Buchs wurde auf 100 % Recyclingpapier gedruckt.

Weitere Informationen zu unseren Autor:innen und Titeln finden Sie unter: www.beltz.de

Wie Schmetterlinge in meinem Kopf

Karen McCombie

Mein geheimnisvolles Ich

Mit Bildern von Cathy Brett
Gebunden, 72 Seiten
Gulliver (75483)

2 Minuten und 39 Sekunden war Ketty tot. Doch sie kann sich nicht an den Unfall erinnern. Und auch nicht an das, was davor war.

Zurück in der Schule, erscheint ihr alles fremd. Gesichter, Namen und Orte flattern wie Schmetterlinge in ihrem Kopf herum. Sie kriegt sie nicht zu fassen. Ab dem ersten Tag kümmert sich Otis um Ketty – bei ihm fühlt sie sich wohl.

Bis eine Erinnerung zu ihr zurückkommt. Plötzlich weiß Ketty nicht mehr, ob sie Otis vertrauen kann.